En beretning om kinamissionær

Ketty Nielsen

KETTY NIELSEN
South Yunnan Mission
MENGLI
Yunnan Provins, West China.

Af
Robert Jespersen

Forfatter:
Robert Jespersen

Forlag:
Books on Demand GmbH, København, Danmark

Fremstilling:
Books on Demand GmbH, Norderstedt, Tyskland

ISBN 978-87-7114-585-4

En efterårsdag 1929 stod der en skare mennesker på Københavns banegård for at tage afsked med missionær Fullerton og hans hustru Martha og deres fire børn, der skulle tilbage til Kina for at fortsætte deres gerning der. Sammen med dem var der en ung student, Ib Sund Nielsen, der i de kommende fire år skulle være lærer for Fullertons børn. Desuden var der to unge kvinder, der skulle med ud til Kina som missionærer, Kristine Olsen og Ketty Nielsen. Det er sidstnævnte, der skal berettes om her. Jeg vil lade hende selv præsentere sig.

Ketty skrev om sig selv i bladet "Maran Atha": "Jeg blev født i Gedser den 29. juni 1906 og fik lov til at gå i søndagsskole fra mine tidligste barneår. Så langt jeg husker tilbage, var mit hjerte altid vendt mod Gud, og intet greb mig mere end dette at høre om hedninger, der ikke kendte Jesus. Da jeg i Korsør forlod søndagsskolen for at begynde at gå i K.F.U.K., var der, samtidigt med, at jeg var begyndt at deltage i denne verdens forlystelser, født en længsel i mig efter at eje Jesus som min egen personlige frelser. På dette tidspunkt havde mine forældre givet sig over til Jesus og kom iblandt venner, hvis hjerte brændte for sjæles frelse. Da jeg en aften var med på et møde i to små stuer, hvor br. Endersen vidnede, lød der en direkte opfordring til dem, der længtes efter frelse, om at blive tilbage på eftermødet og give sig over til Jesus. Vi var otte unge, der den aften blev tilbage og i enkel tro modtog frelsens gave, og Jesus fyldte os med frelsens jubel og glæde. Kort efter gik jeg sammen med mine forældre i dåbens grav, jeg var da 16 år. Jeg forstod straks, at det eneste, der fuldt ud kunne tilfredsstille mig, var et liv helt indviet til Jesus. Jeg begyndte at gå fra hus til hus og senere også til andre byer med blade og traktater, ofte fik jeg anledning til at vidne om Jesus, og selv om jeg ikke så megen frugt af dette, fortrøstede jeg mig til, at Guds ord vender ikke tomt tilbage, men udretter, hvad det er sendt til.

Således gik tre år, og i denne tid bad jeg om Åndens dåb, men på bønnemøderne, medens Gud fyldte andre søskende med den Hellige Ånd, så de priste ham i nye tunger som på pinsedag, lå jeg så tom og uimodtagelig. Men så gjorde Gud dette ord levende for mig: "Alt, hvad I beder om og begærer, tro bare, at I har fået det, så skal det vederfares eder." Mark. 11,24. Joh.5, 14-15, og en aften, da jeg træt og nedslået kom hjem fra min runde på beværtninger, forstod jeg, at om ikke jeg fik Åndens Kraft, kunne jeg ikke holde ud længere, og selv om jeg havde mest lyst til at græde af mismod, begyndte jeg på trods af alle følelser at prise Gud for Åndens dåb, og jeg blev ved i to timer, da kom Jesus og fyldte min sjæl med stille fred, al kamp var forbi, mens jeg bare lå og følte ham så nær, døbte han mig med Ånden, og jeg priste ham i et sprog, jeg ikke selv kendte, og denne underfulde gave har jeg fået lov at beholde siden. Nu kunne jeg med ny frimodighed fortsætte i gerningen, dog forstod jeg, at denne kun var en forskole til den gerning, Herren havde kaldet mig til. Fire år efter, i 1929, fik jeg anledning til at være med til en måneds bibelstudium. Her mødte Jesus mig og lagde nød på mit hjerte for hedningerne som aldrig før. En dag, mens jeg var i bøn, viste han mig store skarer af mørke hedninger, der stod med udstrakte hænder og fortvivlet tryglede os kristne om at komme og give dem livets brød, inden det er for sent. Efter dette forstod jeg, at jeg måtte bryde op og begynde at berede mig til selv at gå ud og give dem evangeliet, hvad jeg længe havde følt Herrens dragelse til. Siden da har Jesus forunderligt åbnet alle døre og stadfæstet mit kald, både i det år, jeg opholdt mig i England, og det sidste herhjemme. Min fremtidige gerning vil, om Jesus tøver, blive stammefolket i Kina. Bed for mig, at jeg hurtigt må lære sproget og få nåde til at føre sjæle til Jesus." Citat slut.

Afrejsen til Kina var, som tidligere nævnt, fra Københavns hovedbanegård. Turen gik ned over Sjælland til Masnedsund. Derfra skulle de med færge, da Storstrømsbroen endnu ikke var bygget. Ib Sund Nielsen nævner i sine erindringer, at så snart Ketty kom om bord på færgen, gik hun resolut af sted ud på dækket og op på kommandobroen, hvor hendes far, der var kaptajn på færgen og overfartsleder, stod og passede sit job. Her var lige tid til et sidste farvel og også til sin mor, der var mødt op på færgen.

Så gik turen videre via Hamborg til Paris. Der måtte de gøre et lille ophold, da de skulle have nogle papirer ordnet for at kunne rejse igennem det område, der dengang var Fransk Indokina. Videre gik turen med tog til Marseille. Her lå skibet, der skulle være deres hjem i de næste ca. 40 dage. Turen gik gennem Middelhavet, Suez-kanalen til Det Indiske Hav, og videre syd om Indien op til Colombo på Ceylon (i dag: Sri Lanka), videre gik turen til Singapore. Her skulle damerne ud at købe tøj til den kommende tid, da dér var et moderne stormagasin. Ib nævner, at Ketty købte noget hvidt stof, hvoraf hun i hånden syede en fin kjole til sig selv, da der ikke var nogen symaskine om bord på skibet. Ib nævner også, at Ketty og han var de yngste missionærer om bord, og at de talte så dejligt frit sammen om alt muligt. En dag kom de ind på emnet om, hvorfor de havde sagt ja til kaldet. Ketty sagde da: "Jeg kan kun sige for min egen del, at jeg holder så meget af Jesus, at jeg slet ikke kunne tænke mig noget andet i livet end at få lov til at gå bud for ham." Og så tilføjede hun: "Det opfylder alle savn, også savnet af far og mor."

Fra Haiphung skulle Ketty og Kristine rejse med tog til Yunnanfu. (Nu hedder byen Kunming.)

Ketty skriver selv om rejsen i en artikel i bladet, Korsets Evangelium: "Kære søskende i Herren, Jesu fred! "Se jeg er med eder alle dage indtil Verdens ende." Han er trofast, som gav løftet.

Det har vi rigtig fået lov at erfare gennem denne lange rejse. Vi ankom her til Yunnanfu den 11. december. Under sørejsen var vi i land flere steder, både blandt ægyptere, arabere, negre, malajer og annamitter. Når man så ægypterne, dette støjende, pengegriske folk, gamle mænd skændes på gaden, og drengene sloges, så fik man et lille indblik i, hvor tungt det må have været for Israels børn at trælle under dette folk. Det var underligt at sejle gennem det røde hav, hvor Herren skilte vandet, og Israel gik på det tørre over til Surs ørken, hvor man kun så sand og sandbjerge, så langt øje kunne se. Overalt, hvor vi kom, var alt præget af hedenskabets mørke. I Colombo var vi inde at se et buddhisttempel. En ung mand førte os omkring og viste os de store figurer af Buddha, elefanter, slanger, drager osv. Væggene var dekorerede med malerier, der forestillede hele Buddhas liv og guddommelighed; den unge mand fortalte os en lang fantasirig historie om Buddha, men til sidst fik vi da lov at stå midt imellem afguderne og vidne for ham om, at vi troede på den levende Gud og Jesus Kristus, verdens frelser. O, hvor det var sørgeligt, at se inderne komme ind, kaste sig på knæ og bede til disse døde figurer og ofre blomster på et alter, der stod foran afguderne. Udenfor var der en anden bygning. Rundt om var der ca. 10 elefanthoveder i muren, også her så vi de indfødte kaste sig på deres ansigt og løfte hænderne i bøn til disse stenhoveder; når de var færdig med at bede t l den ene, gik de til den næste og endte med at ofre blomster på alteret. O, hvilket mørke, bed høstens Herre drive arbejdere ud til sin høst. Hvor forfærdeligt at tænke, at millioner af blodkøbte sjæle gennem århundreder har tilbedt sådanne figurer. O, om alle kristne var deres ansvar bevidst.

Vi skiltes fra familien Fullerton i Haiphung, efter at vi havde fået vor bagage gennem tolden, hvilken Jesus så underfuldt hjalp os igennem uden vanskeligheder. Vi skulle rejse alene de tre dage til Yunnanfu, Jesus havde særligt givet os dette løfte i et budskab: "Ligesom han indtil nu havde banet vejen, ville han gå foran og slutte til bag efter med herlighed." Det fik vi erfare så herligt, det havde jo sine store vanskeligheder at rejse i et land, hvor man ikke kender sproget, men overalt lod Jesus os komme i forbindelse med mennesker, der kunne tale

9

engelsk og var villige til at hjælpe os med alt angående tog, bagage og hotel. Hvor følte vi Jesu omsorg for os i de mindste enkeltheder.

Det var en vidunderlig natur, vi så i de tre dage, vi rejste igennem mægtige bjerge, beklædt med vildnis, hvor tigre, aber, slanger osv. havde deres hjem. Vi kørte hele tiden langs med den røde flod, over dybe afgrunde, gennem store rismarker, der var sat under vand; overalt så vi kokospalmer, appelsin-, citron- og banantræer, sukkerrør og bambus, et sted havde en hel flok aber lejret sig ved flodbredden, et andet sted så vi en flok strålende papegøjer. Videre gik toget gennem utrolig fattige og snavsede landsbyer, hvor pjaltede mennesker, sorte grise, hunde og høns gik ind og ud af hytten mellem hinanden, det var et sørgeligt syn at se kvinderne humpe omkring på deres stakkels bundne fødder. Et sted kørte vi forbi nogle bjerge, hvor røvere for kort tid siden havde dræbt en europæer.

Endelig nåede vi Yunnanfu højt oppe mellem bjergene, hvor vi for tiden har vinter. Det var herligt at komme ind i dette fredens hjem blandt engelske missionærer. Medens jeg kørte gennem de smalle snavsede gader hertil, omgivet af trængsel og råben, følte jeg det, som jeg befandt mig i Helvede, alt hvad vi så, gjorde et så forfærdeligt knugende indtryk på os. I søndags var vi med til møde for kvinder. Kristine Olsen og jeg fik lov at vidne på engelsk, og miss Cook her fra hjemmet oversatte det til kinesisk. Om aftenen spillede og sang vi for dem: "Jeg vil prise min genløser", og kineserne sang koret på deres eget sprog. De var så glade for os, og det var så herligt at få lov til

Ketty Nielsen

Kristine Olsen

at gøre bare lidt for Jesus. Der er en stor trang her blandt kineserne i Yunnanfu. Missionærerne har været her i ca. 15 år, og menigheden er endnu kun på ca. 50, og nogle af dem har de endda skuffelser af, bl.a. af deres evangelist. De tør ikke afskedige ham, det kan betyde fare for dem selv. I det hele taget mærker man, hvor de hader de hvide, de undser sig ikke for at sende en lattersalve efter os, når vi går på gaden. Forleden dag, da vi gik til et møde, kom der en hel række soldater, gaden var snæver, og vi måtte trykke os helt op til muren. Der var flere af soldaterne, der gjorde forsøg på at slå mig, men jeg dækkede mig under Jesu blod, og intet ondt nåede mig. I den næste gade så vi unge piger i uniform. Før var de ikke regnet for noget, men nu træner de dem op til soldater, selv små drenge ser vi i soldateruniform. De indgyder selv de mindste børn had mod de hvide. I en børnehave, hvor børnene kun var fra 3 til 7 år, hang der et billede af en englænder, der stod med en pisk over nakken på en kineser. Når de gør sådan mellem de ganske små, hvad gør de så ikke blandt de større. Man mærker rigtigt, at Djævelen har magten her. Rundt om os hører vi om vold og grusomhed. I går var her en gammel bedstemor, hendes lille barnebarn var blevet stjålet, og endnu 14 dage efter havde de ikke hørt eller set noget til drengen. Hun sagde, at hun brændte røgelse til himmel og jord for at få ham igen. En lille ung kone blev forfærdeligt mishandlet af sin mand, fordi hun ingen børn fik, i sin fortvivlelse forsøgte hun at berøve sig livet ved at spise en stor klump opium, hun døde ikke, men herover var hendes mand også blevet rasende. En gammel kone har de kastet i fængsel, fordi en i hendes familie har dræbt en anden, og da de ikke fik fat på ham, tog de den gamle, fordi de tænkte, hun havde hjulpet manden til at flygte. Skønt de trænger så usigeligt til Jesus, så er det, som om de er helt uimodtagelige for evangeliet, så vi må rigtig prise Jesus for de store ting, han gør på vore missionærers arbejdspladser. Nu de kærligste hilsener og tak for forbøn.   Eders Ketty Nielsen.

Under deres ophold i Yunnanfu fortæller Ketty om møder på en udstation: "I disse dage er jeg på en udstation sammen med en engelsk missionær. Her på pladsen arbejder en kinesisk evangelist, han er døbt med den Helligånd, og Guds fred lyser ud fra hans ansigt. Her er kun nogle få meget fattige kristne, det var herligt i aftes, at høre dem vidne om, hvad Jesus havde gjort for dem. I morges tidligt tog vi med tog til en nærliggende landsby, hvor vi vidste, der var marked. Vi rejste på 4. klasse. I hele vognen er der kun to lange smalle bænke, og her kommer kineserne ind og fylder op med de mest utrolige ting, som de sælger på markedet. Da vi stod af ved stationen, blev vi sejlet over floden, der på grund af de vældige regnmasser var ret rivende, men vi kom godt over til den modsatte bred, hvor byen og markedspladsen var. Begge dele lignede en grisesti, så de, der befandt sig bedst, var gadens mange grise. Heldigvis havde jeg gummistøvler på, ellers havde det næsten været umuligt at gå omkring i dette mudder. Regnen strømmede ned, og vi måtte have paraplyen oppe, mens vi gik fra bod til bod og solgte evangelier og delte traktater ud. På denne plads har de lejet en lille sal med bænke, hvor vi inviterede folk ind for at høre evangeliet. Salen var snart overfyldt, og de stod op til sidste plads og udenfor også. Der er kun én kristen familie i den by. Værten på stedet var så flink, at han inviterede os til at spise, jeg kan dog ikke sige, at jeg nød dette måltid; medens han gik ud for at hente risen, så jeg mit snit til at tørre risskålene af, og det trængte de rigtignok til, viskestykket blev sort af sod og fedt. Den ene ret, tror jeg, var saltede, tørrede hundestejler, den anden smagte, som om det var tobakssauce; alt imens sad han og viftede de påtrængende fluer bort med en kohale. Ja, man bliver nødt til at blive frelst fra fine fornemmelser her. Jeg stod et øjeblik på gaden og ventede på Miss Cook, der stod og vidnede for en flok kvinder; inden jeg vidste af det, havde jeg 5 – 6 sorte grise snøftende om fødderne på mig. Selv når vi bliver inviteret indenfor at sidde ned, har vi dem omkring os.

I morgen skal vi til en anden landsby, i overmorgen til en tempelfest her i byen. Vi må her, som hjemme i Danmark, så ordet i tro, og Gud vil give det vækst, hvad enten vi får se det eller ej. Det er regntid nu, og når den er ovre, skulle vi så, om Gud vil, rejse til Mengli. Vi behøver rigtig eders forbøn, kære søskende. I det daglige føler vi mørkets magter imod os, og al den elendighed, vi ser omkring os, vil ligesom knuge vort sind, og på en sådan rejse er der farer af mange forskellige slags. Forleden dag havde de hængt hovedet af en røverkaptajn op nede ved stationen i Yunnanfu. Provinsen Yunnan er en særlig provins. Evangeliet har ikke lydt her så længe som i andre provinser. Bed for os, at vi må blive brændende sjælevindere, fyldt med tro og den Helligånd. Skal vi kunne gøre noget for sjæles frelse her i Kina, så må det være ved den Helligånds kraft. Men tak og lov, han, der kaldte os, er trofast, og værket

14

er hans, og han har givet os herlige løfter om sejr. Så vi længes blot efter at kunne sproget frit. Det tager tid, men det kommer, tak og lov. Vi har stor grund til at takke Jesus, at vi er nået så vidt, som vi er. Jesus hører bøn."

Efter at Ketty havde afsluttet sit brev, skrev hun en lille tilføjelse "Vi kom ikke til den omtalte landsby i dag. Vi havde en forfærdelig nat, regnen strømmede ned, floden, der løber langs med vejen her udenfor Evangeliesalen, buldrede vildt af sted, og dog kunne den ikke rumme de mægtige vandmasser, som kom strømmende ned fra bjergene. Huse, mennesker og dyr er blevet skyllet bort i nat. Vi gik ud for at se på ødelæggelserne. Næppe var vi kommet udenfor døren, før vi så dem komme bærende med en trækasse af form som en kiste. Vi spurgte, hvem den var til og erfarede, at den var til en fattig mand, der i nat i sin opiumsøvn var blevet dræbt af en nedstyrtet mur. Vi gik videre, og så huse mere eller mindre styrtet sammen. Der, hvor vi før så frodige rismarker, ser vi nu bare vand, risen vil sikkert blive ødelagt, stakkels fattige kinesere. Vi har lige været oppe ved templet; der går det løs med afgudsdyrkelse og fest."

I november 1932 er Ketty og Kristine færdige på sprogskolen og er nu klar til at rejse til Mengli, hvor de skal arbejde sammen med Fullerton. Undervejs besøger de missionærerne Christine og Axel Jensen i Talang. Ketty skrev dagbog under rejsen. Hun skrev: "Hvorledes Herren hjalp os under vor rejse til Mengli.

På hjemrejsen fra Kunming

Yunnanfu, 7/11 1932. Om få dage venter vi den kinesiske evangelist, der skal hente os. Vi har pakket næsten alle vore sager og er rede til at tage af sted, men er dog nødsaget til at vente på Guds time. Forleden dag blev Kristine Olsen pludselig syg. Hendes hoved værkede, og hele hendes legeme rystede, så sengen næsten rystede med; selv om jeg pakkede hende ind med uldtæpper og varmedunke, var hun som is til marv og ben, alt sammen symptomer på malaria, men vi begyndte at råbe til Jesus om udfrielse og sejr, og bød sygdommen vige i Jesu navn. Rystelserne stilnede af, hun kunne ligge stille, sov godt hele natten og stod op og var rask næste dag. Det var et rigtigt under, og vi blev styrkede i troen."

Kuen Lang 17/11 32. "Nu er vi begyndt på vor lange rejse ned til Mengli. Vi havde mange forskellige velsignede oplevelser i den sidste tid, før vi forlod Yunnanfu, herlige og direkte svar på bøn. Jeg skrev for nogen tid siden til 'Børnevennens røst' om lille Meng Feng, en lille kinesisk pige, og om hendes fader, som ikke var frelst, men for hvem vi bad meget. Der stod en hård kamp om hans sjæl, men en søndag formiddag på mødet, havde vi den glæde at se denne mand, som før var så hård mod sin hustru og sine børn, fordi de er kristne, gå op til platformen og bekende, at han ville overgive sig til Herren. Han bøjede sine knæ og bad Herren tilgive og rense ham fra hans synder. Senere gik han hjem og tog alle sine afguder bort, som han indtil da havde tilbedt.

Vi havde nu alt klar til rejsen, vore sager var pakkede, evangelisten Beh Ming Huang var på vej for at hente os, men stadig var der ét, der manglede, pengene til rejsen var endnu ikke kommet. Vi havde længe ventet og biet på Herren og lagt denne sag frem for ham i tro på, at han ville sørge for os også med dette. Det blev en hård trosprøve, og Satan gjorde sin bedste for at få os til at tvivle og tabe modet, men Herren er trofast, og vi vidste, at han havde endnu aldrig svigtet os. Så kom evangelisten, og om tre dage skulle vi rejse; men endnu havde Herren ikke sendt os rejsepenge. Samme aften kom et mindre beløb fra Danmark, en opmuntring til at blive ved med at regne med Herren. Vi priste Jesus for det, og undrede på, hvor han ville sende resten fra. Næste aften kom en pakke til os. Den viste sig at indeholde to mindre pakker, en til hver, og pris ske Gud, her var penge til rejsen. I hver pakke var et brev, som meddelte os, at disse pakker var sendt til os af en engelsk missionær og hans hustru, og at det var deres tiende. Aftenen før, vi modtog disse penge, havde de været sammen i bøn i deres hjem, og de havde bedt for os, og så havde Herren direkte sagt til dem, at vi behøvede penge, og at de skulle sende os disse, og de var lydige imod Herren og priste Gud, fordi han havde talt så klart til dem.

Den første del af rejsen skulle foregå med dampbåd over en stor bjergsø. Ja, dybt her inde mellem Kinas bjerge, 7000 fod over havet findes en sø, som det tager 5 timer at sejle over med dampbåd. Vi tog af sted tidligt om morgenen. Det regnede stærkt og var koldt, men trods det, fandt vi en lille flok af vore mange kære venner i Yunnanfu. De havde været meget tidligt oppe, nogle kl. 4, og var gået den lange vej ud til søen for at få et sidste glimt af os. De sang en sang på deres eget sprog: "Hele vejen vil Jesus lede og beskytte mig, hver dag går han foran mig," det var indholdet af sangen. Vi nåede over søen til en by, hvor vi skulle vente på vore heste og vor bagage. Her bor en tysk diakonisse, som vidste, vi skulle rejse denne vej, og hun havde indbudt os til at bo hos hende. Vi er nu her på 3. dag. Vi har måttet vente på heste og gods, og det ser næsten ud, som det ikke vil komme. Det sker jo meget ofte, at det bliver stjålet. Vi skulle have rejst her fra i går morges. Men vi kunne kun råbe til Herren og minde ham om, at han havde lovet at være med sine alle dage og være vor hjælper, og nu i dag kom det hele i god behold.

Den 18/11. "Vi startede kl. 8. Det var en lidt svimlende fornemmelse, at balancere mellem to bambusstænger, hvilende på skuldrene af to kulier. Det var også underligt at blive båret af fremmede langt ind i landet ad uvejsomme stier mellem bjergene. Vi nåede i god behold til den bestemte by, forfærdelig forbrændt af solen. Her boede vi hos en anden tysk diakonisse, som modtog os med megen gæstfrihed. Her måtte vi også blive næste dag, da vore heste ikke kom.

Søndag den 20/11. Vi var klædt på om morgenen til afmarch, men vore heste kom ikke, og vi tænkte, at vi skulle blive der natten over. Men kl. 2 kom vor fører og sagde, at vi skulle af sted med det samme. Jeg gik ud for at se til hestene, og det gøs i mig, for til min skræk så jeg, at den ene saddel var en paksaddel, som vi skulle ride på. Jeg kunne næsten ikke lade være at græde af angst og skuffelse. Alle havde på det bestemteste frarådet os at ride på en paksaddel. Men hvad var der at gøre, af sted måtte vi. Uden for porten svingede jeg mig op på den høje trone. En træstamme bliver sat over hestens ryg, og herpå vore soveposer. Jeg opdagede dog snart, at på jævn vej kunne det nok gå. Men hver gang vi skulle op eller ned ad de stejle stentrapper til landsbyerne, fik jeg et chok. Vi nåede kroen, fik vore senge slået op, og snart sad vi fire bænket om et lille bord. Kristine Olsen, evangelisten, Mr. Beh, og en ung mand, Mr. Li, og jeg.

Mandag d. 21/11. Kl. 4.30 blev vi vækket, og så måtte vi skynde os at pakke senge og sengetøj. Maden blev serveret, men det var strengt at spise kinesisk mad så tidligt på morgenstunden.

Vejen var forfærdelig, over al beskrivelse forfærdelig, ind mellem høje bjerge med klippevæg på den ene side og afgrund på den anden side af vejen og en flod i dybet af afgrunden. Op gik det, og ned igen, somme tider var der næsten ikke fodfæste for hestene; men medens jeg priste Jesus for hans hjælp og omsorg, var det, som det blev lettere og lettere at ride, og til min forundring gik det godt selv ned ad de stejleste kløfter, hvor jorden enten var af kantede klippeblokke eller revnet og opløst lerjord. Grenene slog os om hovedet. Men når jeg red ned ad en stejl kløft og råbte til Jesus om hjælp, så var det, som jeg både så og hørte Jesus sige: "Ja, mit barn, jeg er jo her og holder hesten og leder dens skridt." Så nåede vi kroen, og snart sad vi fire lykkelige og glade bænket om et lille bord og spiste os mætte.

Tirsdag d. 22/11. Vi måtte med det samme op ad et stejlt bjerg. Da vi kom op på toppen, så vi under os de hvide, tætte solbeskinnede skyer rulle af sted mellem bjergkæderne. I de regioner, vi befandt os i, havde vi en klar, blå himmel og grønklædte bjergtoppe Det var et herligt skue, men mange gange gik stien langs med dybe afgrunde, somme steder med afgrund på begge sider af den smalle sti, og der var næppe fodfæste for hestene, men vi priste Jesus vejen lang. Så gik det gennem et halvt udtørret flodleje. Her stødte vi på nogle, der var blevet overfaldet af røvere et par timer i forvejen. 15 mænd var blevet plyndret og en var blevet skudt i maven. Røverne var løbet op i bjergene med det røvede. Et lille stykke derfra gjorde vi holdt, de bragte den sårede til os. Jeg fik mit primusapparat tændt og fik kogt vand til at bade såret i. Kristine badede og forbandt ham, og jeg gav ham en skål varm mælk at styrke sig på. Kuglen sad endnu i underlivet, men vi ville ikke skære den ud, da vi ikke kunne få anledning til at pleje ham efter det, så vi sendte ham til søster Bertha, så hun kunne tage kuglen ud.

Onsdag d. 23/11. Vi fik at vide, at en stor røverbande var på vejen, vi skulle frem ad, så vi ville ikke friste Gud, men fik 4 soldater med. Mit hjerte bankede lidt, men jeg holdt faldt fast ved at: "Herren er mit livs værn, for hvem skal jeg frygte." Vejen var forfærdelig, over høje bjerge. Gennem flodlejer, gennem junglekrat, hvor grenene slog os i hovedet. En dag blev min tropehat hængende i et træ, mens jeg selv red videre. Da vi kom til kroen, viste den sig at være en stor hestestald. Vore senge blev slået op her, og vi satte os trætte ned. Så lå vi der i den store hestestald omgivet af heste og opiums-rygende mænd.

Torsdag den24/11. Der lå en tæt tåge over det hele, og vi fik at vide, at der var røvere. Mændene var ængstelige, de samlede karavanen så tæt sammen som muligt. Medens de løb og spejdede mellem buske og træer med ladt gevær, sad vi på vore heste så trygge og glade. Jeg spurgte Mr. Beh, hvad vi skulle gøre, hvis røverne kom, og han sagde: "Det skal den Helligånd nok sige dig." Det var det, jeg selv havde følt, at jeg ikke skulle sidde og lægge planer om dette eller hint. Vi mærkede, at det blev mere og mere varmt. Plantevæksten forandredes, menneskene og dyr ligeledes.

Fredag den 25/11. Hele tiden gik det op ad et meget højt bjerg, op, op, op. Mr. Beh holdt en lille bibeltime for os om aftenen, og vi bøjede vore knæ og havde en herlig bønne-stund.

Lørdag den 26/11. Vi skulle af sted meget tidligt, stjernerne og månen skinnede endnu. Vi havde rejst op ad bjerget hele gårsdagen, men endnu ikke nået toppen, højere gik det. Nede under os så vi skyerne, og dybt, dybt nede under skyerne så vi byer og floder som i et smalt bånd. Vi fik snart besked på at drive hestene hurtigt frem, da det var et røverkvarter, vi befandt os i. Så nåede vi bjergets top, og den farlige nedstigning begyndte. Det var, som om den aldrig skulle få ende. Nu er vi her i kroen, et lystigt bål brænder foran mig, maden bliver nemlig lavet her. Der er et grisetrug ved siden af vore senge, og en kolossal, sort so går frem og tilbage mellem os og skælder ud over, at vi har dristet os til at dele værelse med den.

Søndag den 27/11. Det var en dejlig tanke, at vi i nat skulle nå Talang, ikke ligge i Hestestald, omgivet af opiumrygende, højttalende mænd, skrabende heste, gryntende grise, kaglende høns og galende haner osv. Der var ingen farer for røvere. Vi havde talt dagene, til vi skulle nå Talang, nu talte vi timerne, og da karavanen efter det sidste middagsholdt satte sig i gang, sagde Kristine: "Toget standser ikke før Talang". Så nåede vi den sidste bjergtop og kunne se, hvor broder og søster Jensen boede. Snart hørte vi et "Halleluja" deroppe fra, og så klatrede vi op og ned, og fik den mest hjertelige velkomst. Vi kunne næsten ikke blive færdige med at fortælle og juble over Herrens hjælp, omsorg og førelse med os alle fire. Nu har vi fået lov at være her i fire dage og haft herlige stunder sammen i bøn. Det er umuligt at få heste den sidste del af vejen, så vi må have bærestole og mænd til at bære vore kasser. Det koster megen besværlighed og er dyrere, men Herren har lovet, at være med hele vejen.

Vi tilbragte 4 – 5 dejlige dage hos vore søskende, Christine og Axel Jensen. Den første dag var br. Axel ude for at skaffe heste til os til resten af vejen, men han kom tilbage med den besked, at selv om vi ville give over den dobbelte pris, ville de ikke lade deres heste gå den vej. Så var der ikke andet at gøre end at få en huagan (en bærestol) til os, og mænd til at bære vore kasser. Så satte br. Axel og Mr. Beh sig i bevægelse for at få mænd til os, og Herren gav dem nåde til at få dem, deriblandt to gode mænd, som havde båret søster Christine op til Talang, da hun var faldet af hesten. Vore kasser blev sat ind hos postmesteren. Næste dag da, br. Axel tog til byen for at ordne vore sager, kom han tidsnok til at se alle vore mænd forlade huset, hvor vore kasser var, alle havde de opgivet at bære vore kasser og var nu på vej til deres fjerntliggende hjem. Br. Axel fik dem kaldt tilbage, opmuntrede dem til at prøve igen, med det resultat, at de alle blev villige til at bære dem. Tak og lov. En dag kom Talangs øverste øvrighedsperson og postmesteren på besøg. Vi spillede på guitar og sang for dem, og vi lod dem høre Ejnar Ekberg synge. De befandt sig godt, så de ville ikke gå. Magistraten ville absolut give os 4 soldater med på vejen, og vi måtte jo takke for det, selv om vi helst ville være fri for dem. Søster Christine rejste med os de to første dage til Mr. Behs hjem, og det var vi glade for. Hun red, og søster Kristine Olsen og jeg sad og gyngede i vore bærestole, så vi var nær ved at blive søsyge. Vi sang og priste Gud hele vejen. Da vi nåede vort holdested for natten, viste det sig at være nogle faldefærdige hytter. Skolen, som vi skulle bo i, var bare et åbent skur, der nu var fuldt af køer. Vi fik dog logi. Der var nogle få kristne, og vi holdt møde for dem. K. Olsen og jeg vidnede lidt, og Herren fyldte os med sin Ånd. Vi hørte skud, og vore soldater kom og meldte, at de havde været ude at jage en røverbande, om det er sandt, ved jeg ikke.

Lørdag d. 2/12. Vi drog af sted igen, sang og priste Gud og jublede over frelsen og over, at vi måtte gå til dem, der var i mørke uden håb og uden Gud. Vi kom til en markedsplads en halv times gang fra Mr. Behs hjem. Her kom han os glædesstrålende i møde fulgt af en halv snes pæne, frelste unge mænd, der er Mr. Behs elever. Vi satte os ned i træernes skygge og fik købt friske appelsiner og bananer, så vi fik os et godt frugtmåltid. Lidt efter kom der ca. 10 glade, unge piger, også kristne fra Behs by. Det var et syn, der nok kunne glæde ens hjerte, at se så mange glade, unge kristne. Så gik toget videre, og vi fandt ud af, at Mr. Beh havde haft landsbyens folk ude at reparere bjergstien i anledning af vor ankomst. På den sidste bjergtop stod Mrs. Beh med sine 3 sønner og ønskede os velkommen. Axel Jensen kom også, og der blev rigtig lavet fest for os. Vi tre søstre fik soveværelse oppe på et loft, gulvet gyngede under os, væggene var bare bambusfletning, men det var godt, at der var luftigt, for røgen, der steg op nede fra, fik os til at græde mange gange.

Søndag d. 3/12. Desværre kom der bud, at vore mænd var på vej, og de alle var utilfredse med deres byrder, de skulle pakkes op og noget tages ud. Så måtte vi til at veje hver enkelt del og hamre kasser op og tage noget ud af dem, der var for tunge. Det blev fyldt i kurve, som vi måtte have en ekstra mand til at bære, men så ville huaganmændene ikke gå videre, hvis de ikke blev 3 mand til hver huagan. Der skulle en rig far til alt dette, men tak og lov, vor far er rig, og der var ikke andet at gøre end at få to mænd til. Så kom soldaterne og gjorde vrøvl og ville have flere penge. Gud gav br. Axel stor nåde til at tale dem alle til rette og ordnede det hele. Imidlertid havde der samlet sig ca. 300 stammefolk, som nu ventede, at vi skulle holde møde for dem. Vi gik alle op på bjerget og satte os ned i græsset. Det var et gribende syn at se denne skare

Str. Christine Jensen på rejse i Syd-Yunnan.

mørke mennesker i deres ejendommelige dragter, vidende, at de var kommet langvejs fra for at høre Guds ord. Vi tænkte på skarerne, der samledes om Jesus. Kristine Olsen og jeg fik anledning til at vidne, og Herren hjalp os. Efter mødet blev de syge kaldt ud af skaren, og det var en stor flok, der kom. Vi bad enkeltvis med dem og følte rigtig Herrens nærhed, og jeg tror, at mange følte en lægende berøring af Jesu hånd.

Mandag d. 4/12. Christine og Axel Jensen, familien Beh og nogle kvinder fulgte os lidt på vej, vi vinkede og råbte halleluja, så længe vi kunne se hverandre. Hele dagen priste vi Jesus. Vi vidste, at han var mægtig til og også ville føre os igennem med sejr over alle vanskeligheder. Vi kom til en markedsplads, hvor vi mødte flere kristne. En ung mand gav os ananas, en gammel kone kom med 6 bananer i sit forklæde til os. Det var en vederkvægelse at finde varmhjertede kristne. Vi kom til vort natlogi, et rum med næsten kun 3 vægge. Konen i huset spurgte, om vi ikke kunne holde et lille møde. Vi fik bænke frem, og en ung mand, der var sendt op for at hente os, vidnede for dem og bad.

Tirsdag den 5/12. Det regnede hele natten og ned i vore senge, og vore kjoler var våde af regnen. Der var ikke tale om at tage af sted den dag. Vi gik i seng for at holde varmen, men måtte dække sengene til med alt muligt, da det regnede ned uden barmhjertighed. Om aftenen kom der til vor overraskelse en hel flok kristne fra omegnen. Tre af dem havde æg med til os, og en havde jordnødder. Vi talte med dem, så godt vi formåede. Der blev stillet et bord op på taget af kostalden, her inviterede vi dem op og gav dem the og kiks. Så sang vi, og en af brødrene vidnede for dem, og så havde vi en rigtig lovprisningsstund, hvor de priste Gud længe med høj røst. Vi var ca. 70 forsamlet deroppe på taget af kostalden under Guds klare stjernehimmel, nogle var ufrelste, og de så og hørte med forundring til. De kære kristne ville næsten ikke gå igen. De var så glade for os. Vi kunne ikke forstå, hvorfor vi skulle opholdes der en dag, men nu forstod vi det.

Onsdag den 6/12. Vi tog af sted i tåge, blev færget over en flod, det begyndte at regne, og en tæt tåge lå over det hele. Vort sengetøj blev vådt, men så fik vi et olielærred over os, og da vi kom til vort holdested, fik vi tændt bål og tørret sengetøjet.

Torsdag den 7/12. Det var stadig tåge, men snart begyndte det at regne, det var bidende koldt, og selv om vi sad under et olielærred, blev vi mere og mere våde. Vejene var forfærdelig opblødte, ofte hang vi over kløfter med de forreste mænd på den ene side og den bagerste mand på den anden side af kløften, og vi kunne se, at det var på et hængende hår, at deres fødder ikke gled. Mange steder var jorden skredet ned, så der kun var en meget smal, løs sti med bjergvæg på den ene side og afgrund på den anden. 3 gange faldt mine mænd med mig og ligeledes Kristines mænd faldt, men vi priste Gud for, at det ikke skete på farlige steder, og fordi vi havde haft godt vejr på den første del af rejsen, og fordi vi havde haugan. Kl. 12,30 nåede vi en lille landsby. Vi kom ind i et privathjem, de var ikke glade for at have os, men vi fik lov at blive. Vi fik det våde tøj af og noget tørt på og fik tørret det våde, ligeledes vore senge og sengetøj. Vort soveværelse var en slags lade med kun 3 vægge og kostald underneden. Hen på natten kom der en hel flok støjende mænd ind. Jeg troede, at det var røvere, der var efter os, men snart lagde de sig til at sove, og det gjorde jeg også.

Fredag den 8/12. Igen lå en endnu tættere tåge, den stod ind over vore senge, så sengetøjet var helt vådt ovenpå, alligevel gik jeg i seng kl. 10 for at få lidt varme, da jeg ikke troede, at vi skulle af sted. Men så kom der bud, at vi skulle af sted til et varmere sted. Så rejste vi i 2½ time i regn ad opblødte stier og kom til en landsby, hvor vi blev venligere modtaget.

Lørdag den 9/12. Det blev bestemt, at vi skulle af sted trods tågen, men da vi stod klar til afmarch, kom en af mændene og erklærede, at han ikke kunne gå, fordi han var syg. De halve ville af sted, de andre halve ikke, vi sendte en bøn op til Gud om at lede os. Det blev efter megen overvejelse bestemt, at vi skulle blive. Så slog vi os til ro om bålet, den syge mand gav vi en skål varm mælk, bagefter overraskede han os med at bede om forbøn, så knælede vi ned lige på jorden og bad for ham, mens flere stod og så forundret til. Snart samledes en hel flok omkring os, de bad os synge for dem, og det gjorde vi og holdt en times møde. Så forstod vi, hvorfor vi igen skulle opholdes en dag. Nu begyndte solen at få overtaget, og snart lettede tågen.

Søndag den 10/12. Kl. 7,15 gik turen videre. Nede i dalen lå tågen tæt, og der skulle vi ned, det var en forfærdelig vej, mine mænd faldt et par gange. Det gik gennem tæt junglekrat. Slyngplanter, 3 tommer tykke, hang helt oppe fra træernes grene ned til jorden, slyngede sig om hverandre i vildeste vækst, somme tider troede jeg, at det var slanger, jeg så, man sad i stadig kamp med grenene. Vejen var forfærdeligt opblødt, 5 gange måtte vi krydse en flod, og hver gang måtte jeg sidde og bede, at ikke mændene skulle falde og sætte mig og mit sengetøj ned i den brusende strøm. Det gik dog uden uheld. Tak og lov. Så gik det gennem vildt græs, dobbelt så høj, som mændene, der bar os. Jeg fik mangt et vådt kærtegn. Så gik vi gennem dybt mudder. Vi tog det hele med godt humør, og selv om det hele var så farligt og vanskeligt, kunne jeg ikke andet end le hjerteligt af alle de pudsige situationer, som jeg fandt mig selv i. Så kom vi til vort holdested, en lille landsby, der bestod af 2 "huse" med "Udhuse".

Mandag den 11/12. Vi tog tidligt af sted, det var tåge med regn nu og da. Vejen gik gennem junglekrat og vildt græs. Vi skulle over en flod, og det skete pr. bambusflåde. Vi måtte trække sko og strømper af og soppe ud til flåden, Vandet slog op mellem stængerne. Det var ret farligt, for strømmen var stærk, men vi kom godt over. En af mændene faldt af og blev slæbt efter. Min bagage var nær gået samme vej. Det var en pragtfuld natur, vi var omgivet af, mange mærkelige træer slyngplanter, bregner, blomster og mosarter. Så kom vi til den landsby, hvor vi skulle gøre holdt. Der var altid farligt på grund af alle de gale hunde. En af vore mænd blev slemt forbidt. Kristine Olsen badede og forbandt ham. Vores soveværelse var et halvåbent bambustremmeskur, men vi hængte olie-lærred, poser og sække op for de værste steder.

Tirsdag den 12/12. Det var en lang vej, næsten uafbrudt op og ned ad bjerge. Det var koldt, dog så vi børn løbe nøgne omkring. Vi har på vejen fået anledning til at vise vore mænd en del venlighed, så vi følte, at også de var vore venner. Vi havde frygtet for vrøvl og uvenlighed af dem, men der har intet været af den slags, kun det modsatte. Tak og lov.

Onsdag den 13/12. Nu nærmede vi os Ping an Djai, "Fredens landsby", vort mål. Nu kom tankerne ind på os: Er der nu penge til os til at betale vore mænd. Vi havde sagt til hinanden, når vi blev opholdt en dag, at måske det var, fordi vi ikke skulle komme, før end pengene kom. Men vi fortrøstede os til Guds trofasthed. En times gang derfra kom skoledrengene os i møde med flag, velkomstplakater og musik. Så nåede vi hjem, hvor vi fik en hjertelig velkomst af Martha og John Fullerton, og blev bænket ved et dejligt dansk bord. Så fik vi at vide, at der aftenen i forvejen var der kommet et brev til os. Der var en lille check til hver og breve, der fortalte at penge var undervejs til os. Br. Fullerton, der ellers for en tid havde været uden penge, havde nu fået penge og kunne lægge ud for os til at betale mændene, så Herren havde skaffet en herlig udgang af vor rejse. Fullertons har ikke vidst alt det gode, de skulle gøre os, og menigheden lavede en stor fest for os. Desværre blev jeg syg og måtte i seng 8 – 10 dage med høj feber. Nu er jeg oppe igen og ved at få kræfterne tilbage.

Ketty ender sin rejsebeskrivelse med: "Nu de kærligste hilsner og tak for al forbøn under den lange rejse. Vi følte ofte forbønnens magt, og Herren skal have tak, at han førte os så underfuldt igennem. Eders søster i Herren. Ketty Nielsen."

Ketty kalder Fullertons missionsstation for fredens landsby. Den bestod af Fullertons hus samt Axel Jensens hus, (Axel Jensen var efter Fullertons tilbagekomst flyttet til Talang for at virke der). Desuden var der en kirke og en missionsskole for kinesiske børn, samt et hus, hvor missionsskolens elever boede, og hvor der også var en afdeling, hvor Ib Sund Nielsen boede. Og endeligt var der et hus, hvor missions-skolens lærer boede.

Ketty og Kristine kendte Fullerton og hans hustru og deres tre drenge: Bertram, Kenneth og Douglas samt den kinesiske adoptivdatter, Rosa, og også børnenes lærer, Ib Sund Nielsen, fra udrejsen. De to missionærer kom til at bo sammen i Axel Jensens hus. Deres gerning blev at gå til omegnens landsbyer og holde møder samt at uddele traktater og indbydelser til møder om søndagen i deres kirke. Ind imellem tog de ud på længere ture. Ketty skrev hjem om sådan en tur. Det kunne man læse om i "Korsets Evangelium" den 15/9 1933. "Fra Herrens gerning i Syd Yunnan. På rejse i bjergene." Kære søskende i Herren. Jesu fred. For to dage siden kom Kristine Olsen og jeg hjem fra vor sidste tur, og nu skal I få nogle blade fra dagbogen. Vi har jo ikke heste endnu, så vi gik til fods eller rettere "klatrede". Turen varede i 14 dage, og kun et sted sov vi i to nætter i træk. Selskabet bestod af to "Evangeliner" med

Missionsstationen i Kiang-Cheng.

1. Fullertons hus
2. Mødesal
3. Skole
4. Skole
5. Mr. Shøs hus. (Lærer for missionsskolen)
6. Kristine og Kettys hus. Senere Ibs og Kettys hus

John D. Fullerton, Martha Fullerton, deres
tre sønner: Bertram, Kenneth og Douglas.

Bag dem: Ketty Nielsen og Ib Sund
Nielsen.

Bagest i midten: Kristine Olsen.

vore guitarer, vor lærer (fra missionsskolen), en ældstebroder, vor kok, som bar vort sengetøj, og en ældre kone, hvis hjemstavn vi agtede os til. Vi var en glad lille flok, der drog af sted. Vi følte, det var beredte gerninger, vi vandrede i.

Vort første mål var Pu-chia-chun. Før havde de været brændende i Ånden, nu var de gået tilbage, og der var kun ét hjem, hvor de endnu stod for sandheden. Vi havde et godt møde, trods det, at der var hårdt i ånden.

Det var et højt bjerg, vi måtte op ad næste dag. Da vi var kommet godt over, satte vi os i skyggen ved en kilde og havde en lille andagt. Så kom vi her til La-keh-chisi. Først ville de slet ikke tage imod os, og de lod os klart forstå, at de ønskede, vi gik. Det hjalp lidt, da vi fortalte, at vi selv ville betale vor mad, vi kom ikke for at modtage noget, men for at give dem det bedste. Vi holdt møde, og vi fire vidnede og bad også for en gammel kone, der var meget svag. Hun sagde, hun havde det bedre, og vi følte også, at Gud talte til de få, der var til stede. Efter nogle dages vandring kom vi til en stor landsby og gik ind for at holde møde. Der samledes snart hele landsbyens befolkning omkring os, en ret stor skare, og de lyttede meget begærligt til. Vi var fire, der vidnede, og vi sang og spillede danske og kinesiske sange for dem. De kendte ikke Gud, havde aldrig hørt evangeliet, men det var herligt at fortælle dem det glade budskab og se deres villighed til at tage imod. Åh, hvor jeg ønsker, at I derhjemme kunne se den flok af lasede, snavsede hedninger med de store spørgende øjne og høre dem svare nej på spørgsmålet, om de kendte den levende Gud. Om de kristnes ansvar over for disse stammer måtte blive dem mere bevidst.

Den 24. april kom vi til Gshi-ahisi. Folket fortalte os med forstemte ansigter, at deres afgud havde sagt til dem, at i dag ville røverne komme. Så da vi kom, troede de, at vi var røvere. De havde været ude på bjergene at sove om natten, og da vi spurgte, om vi måtte bo der om natten, sagde de ja, men selv ville de flygte. De havde fået at vide fra den landsby, vi skal til i dag, at der er en røverhorde på 200, og 60 af dem er allerede udsendte, og nu frygtede og bævede de for dem. Vi fortalte dem frimodigt, at vi troede på Himlens levende Gud, der formåede at bevare os fra røverne. Det var rørende at høre dem sige: "Ja, når I er hos os, tør vi godt blive i landsbyen." Der skulle tro til selv at blive der og holde hele landsbyen hjemme, når vi vidste, at der var overhængende fare for røveroverfald. Men vi tror, Jesus har sent os netop nu, da hjerterne er bange og ængstede, og de føler, at afguderne ikke kan hjælpe dem. Vi behandlede hver en patient, og så holdt vi møde. Mange var samlet. Det var ikke alle, der var villige til at høre, men en del blev dog til det sidste. Den 26. april havde vi et herligt møde om aftenen. Befolkningen stod ellers parat til at flygte ud i bjergene for at sove, men da begyndte vi at synge og spille af hjertens lyst, og de blev og lyttede villigt. Da mødet var forbi, gik de alle ud i bjergene, kun et par stykker blev tilbage. Vi bad om eftermiddagen for en syg mand, der så ud til at være sindssyg. Da vi om aftenen skulle ind efter vort sengetøj, lå han på bylterne og sov. Vi redte seng i det næste rum, men da jeg lidt senere kom derind i mørket, følte jeg, at der var nogen derinde, og jeg bad om lys. Ganske rigtig, der lå han igen. Han havde brudt en bagdør op og lå nu i Kristines seng. Så flyttede vi ind i et tredje rum. Alle i huset var flygtet, det var ikke fri for, at angsten ville snige sig ind over os, vi fremmede alene i landsbyen, men vi vidste jo, at intet ondt kunne røre os, hvis Gud ikke tillod det.

Den 28. april gik vi til en landsby ca. 3 timers gang herfra, en smuk tur. Landsbyen bestod af 27 hjem, vi havde to gode møder. Vi følte, at her, som så mange andre steder, vil de snart tage imod troen, om nogen blot ville forkynde evangeliet.

I en anden landsby traf vi en kone, hvis fod fru Fullerton har plejet. Nu var hun rask, og var blevet frelst og åndsdøbt, havde på sin enfoldige måde vidnet om Jesus i sin landsby, så flere nu kunne bede. Selv børnene kunne sige tak og lov og halleluja. Også i denne landsby havde de længe set frem til vort besøg, Vi blev modtaget med stor glæde og gæstfrihed. De ville gerne brænde deres afguder og tro på den levende Gud, hvis bare nogen ville komme og undervise dem.

Efter at have besøgt et par andre landsbyer, gik vi tilbage til Nah-sao, hvor konen med den helbredte fod boede. Her havde vi om aftenen et herligt møde. Gud fyldte denne enfoldige kone med den Helligånd, så hun talte i tunger med tydning, i hvilken hun advarede folket mod at gå til Helvede, men omvende sig snart. Vi bøjede alle vore knæ der på den bare jord under stjernehimmelen, og hvad Gud gjorde i hjerterne, ved vi ikke. Næste dag drog vi videre og kom til en landsby, hvor vi kendte den øverste mand. Vi måtte ikke gå videre, men skulle overnatte der. Vi havde et herligt møde om aftenen. En stor flok var samlet og lyttede. Vi vidnede alle 6. Mødet var langt, men der var en åben dør for ordet. Så drog vi hjemad. Den sidste dag gik vi i 7 timer. Hvor er det dejligt at komme hjem igen efter sådan en tur. Nu de kærligste hilsener og tak for hjælp og forbøn. Eders Ketty Nielsen.

Mandag eftermiddag og aften havde missionærerne og børnenes lærer fællesskab, hvor de om eftermiddagen drak kaffe sammen og snakkede sammen om, hvad de havde oplevet i ugens løb, og de fortalte også hinanden om oplevelser fra deres tidligere tilværelse, så de blev mere kendt med hinanden. De hyggede sig også med lidt musik. Fullerton havde fået en grammofon fra nogle embedsmænd, der en kort tid havde været ansat i Zemao. Nogle venner i Danmark havde foræret Ketty nogle plader af Einar Ekberg, - en meget benyttet solosanger indenfor den svenske pinsebevægelse. Der var også plader med taler af T. B. Barratt og Andreas Endersen.

På disse eftermiddage var der tid til at snakke om løst og fast fra spændende oplevelser til pudsige situationer, som man havde været udsat for i tidens løb hjemme i Danmark eller i Kina. Ofte talte de om, hvordan det ville være at komme hjem til Danmark. Hjem til dansk mad, som de ikke kunne få derude. Ketty fortalte f. eks. om en dag på en længere tur, da de gik i stegende sol og hede og masede sig op ad stejle bjergsider, at hun var kommet til at tænke på, hvor godt det ville være med et glas koldt kærnemælk. Hun var så træt af traveturen og var lige ved at græde, når hun tænkte på, hvordan hun hjemme, på sine cykelture som evangelist var ude for at sælge blade eller være med på møder her og der, var stoppet op ved et mejeri og havde fået et glas iskold kærnemælk. Her, hvor hun gik, var der ikke engang noget vand at drikke, og når de endelig ville nå frem til en landsby, var det ikke meget bedre, for der blev altid serveret skoldhed te, og det bæger konen i huset rakte ud til hende, havde hun lige tørret af en ekstra gang ved at løsne en flig af sin snavsede og svedige turban og så bruge snippen som viskestykke for at sikre sig, at bægeret var 'rent og pænt' til udlændingen. Et andet sted var Ketty og Kristine blevet serveret en skål 'bilarvesuppe'. Landsbykonen havde villet glæde dem med lidt ekstra godt til aftensmad.

Om aftenen på deres mandage samledes de igen. Det var gerne oppe hos Fullertons, og nu fortsatte samværet med sang og bibellæsning, men det meste tid brugte de til bøn. Der var så meget at bede for og om, både når det gjaldt dem selv, og hvad de mødte i arbejdet, og ikke mindst når det drejede sig om de indfødte kristne. De behøvede megen nåde og hjælp ind for alt det nye og den modstand, de ofte mødte fra mange af deres egen familie og deres naboer.

Ib fortæller i sine erindringer, at disse mandage knyttede dem tættere og tættere sammen, som tiden gik, og ganske særlig Ketty og ham. Han skriver: "Vi var jo de yngste blandt missionærerne og følte os derfor mere på linje med hinanden, når det gjaldt fortrolighed og samtale om mange ting, som både var nyt og uforståeligt for os.

Kettys umiddelbare og barnlige tillid til Herren og hans omsorg og hendes stille fredfyldte hvile i Gud, ansporede mig til at søge tættere ind til Jesus, og jeg mærkede en længsel efter at blive mere brugbar i Herrens tjeneste. Det lyder måske så fromt og helligt fra min side, men jeg er nødt til at fortælle, hvordan det begyndte. Umærkeligt for Ketty og mig selv i begyndelsen kunne det ikke undgås, at der opstod et venskab imellem os, og jeg længtes efter disse hyggelige mandage." Citat slut.

Ved disse mandages samvær var der ingen anledning til at tale fortroligt med hinanden. At mødes et sted, hvor de var alene, eller gå en tur sammen kunne slet ikke gå. Det ville stride imod takt og tone. Hvis de ikke fulgte landets skikke, var det ikke blot deres eget omdømme, de satte på spil, men det ville i de indfødtes øjne også være en plet på det evangelium, de forkyndte og den kristendom, de bekendte sig til.

De fandt dog på råd. De havde fundet et sted på orgelet, hvor der kunne gemmes et lille brev. Ib var gerne organist om søndagen og Ketty om mandagen. De kunne på den måde lægge breve til hinanden, uden at nogen opdagede det.

Fullerton var dog opmærksom på, hvad der foregik imellem de to unge. Det ser ud til, at han specielt lagde mærke til Ketty. Hun havde måske mest besvær med at skjule sine følelser, så han kaldte Ib ind på sit kontor. Han syntes, at Ib var for ung til at gifte sig. Han var kun 20 år, og Ketty var 27 år. Han ville være sikker på, at Ib var klar over, hvilken situation han var i. "Har du lagt mærke til", spurgte han, "at Ketty er kommet til at synes særlig godt om dig?" "Jeg mener", fortsatte han, "mere end, at det blot er bekendtskab og almindelig venlighed?" Ib vidste ikke rigtig, hvad han skulle svare. Stillet over for et så nærgående spørgsmål var hans første tanke: "Det kommer ikke dig ved, hvad jeg mener om Ketty. Det skal du ikke blande dig i." Men han kunne mærke, at Fullerton ventede et svar fra hans side, så Ib sagde lidt spørgende: "Tror du?" Dette svar fik Fullerton til at reagere på en måde, som Ib ikke havde ventet. Han sagde: "Er du ikke mere klar over dig selv, så vil jeg fortælle dig, at du opfører dig uanstændigt. Du kan ikke være bekendt at vække følelser i Ketty for dig, som du ikke har i sinde at gøre alvor af. Jeg må på det skarpeste bede dig om at ændre din opførsel overfor hende omgående!" Fullerton blev dog klar over at det var alvor, og Ketty og Ib blev offentligt forlovet.

De fik nu at vide, at, hvis dette var sket inden for 'Kina Indland Mission', så var Ketty blevet sendt hjem. Der var den regel, at, hvis nogen forlovede sig indenfor deres første periode, så blev den ene sendt hjem. Men Ketty blev ikke sendt hjem, og det gjorde Ib heller ikke. Ketty var en uvurderlig hjælp i arbejdet. De indfødte elskede hende, og Ib kunne ikke undværes, for der var ingen stedfortræder for ham. Ib fandt senere ud af, at Fullertons selv var blevet sagt op, i Kina Indland Mission, fordi de indgik ægteskab indenfor Marthas første periode i Kina.

Ikke lang tid efter, at forlovelsen var blevet almindelig kendt, blev det bestemt, at Ketty og Kristine skulle flytte til Zemao, 7 dages rejse fra Mengli. Igen var motiveringen: Kinesernes syn på forlovelsestid og giftermål. Kristine og Kettys hus lå på den ene side af kirkepladsen, og Ib boede som genbo på den anden side overfor. Det var for tæt på hinanden, mente Fullertons, til at de kunne undgå dårlig omtale hos hedningerne. Mens Ketty var borte, fik Ib pludselig sådan en uro og følte, at han måtte bede særligt for hende. Postforbindelsen til Zemao var meget dårlig, så der gik lang tid, inden han kunne få bekræftet, at der var grund til utryghed. Efter nogle dages forløb, hvilede han dog i, at Herren havde hørt hans bøn. Da han endelig fik brev derfra, var det Kristine, der havde skrevet brevet. Hun fortalte, at Ketty havde været meget syg af malaria og havde svævet mellem liv og død i flere dage, men nu i skrivende stund, var hun ved at komme til kræfter igen.

De begyndte nu at få papirerne til deres bryllup i orden og skrive hjem efter dåbsattester, og hvad der ellers skulle ordnes. De regnede med, at Fullerton kunne vie dem, men da han ikke var ordineret præst, kunne han ikke gøre det, og det viste sig, at den kinesiske vielseslov ikke var gyldig i Danmark. De måtte så enten tage til konsulatet i Shanghai eller til et andet land, som havde love i lighed med de danske. På det tidspunkt var Laos under fransk styre, så de skrev tilbage til konsulatet, at de ønskede at tage til Phong Saly i Laos, hvor der var myndigheder, der havde ret til at vie europæere, og at det var det nærmeste for dem.

Efter nogen tid efter kom der svar fra konsulatet, at de havde udfærdiget deres papirer, så de stemte med fransk og dansk praksis, men i henhold til de franske myndigheder skulle vielsen foregå indenfor to måneder fra udstedelsesdato, ellers mistede den sin gyldighed. Da brevet kom, var der knapt 14 dage tilbage af gyldighedsfristen. De bestemte sig for at tage af sted nu, i stedet for at skulle hele proceduren om igen. De skulle bruge syv dage til rejsen til Phong Saly, så Kristine og Ketty fik travlt med at sy Kettys brudekjole færdig.

Fullerton fulgte med dem til Laos. Martha kunne ikke forlade børnene, og Kristine måtte passe møderne. Imens de var borte, måtte hun også flytte, da hun og Ib skulle bytte lejlighed, så huset kunne stå parat til de nygifte. Så snart de nåede til det første franske fort, telegraferede kaptajnen der til Phong Saly og meddelte, at de var på vej ned til majoren der for at blive gift. Det varede ikke mange timer, så kom der svar tilbage, at de var velkomne, og at majoren var hjemme til at tage imod dem. På denne rejse red de på heste. Den sidste dag, inden de nåede til Phong Saly tog de af sted før daggry for at nå så tidligt frem som muligt. Klokken blev omtrent fire, inden de nåede dertil. De trængte til både at vaske sig og få andet tøj på; men majoren havde ventet dem tidligere på dagen og forklarede dem, at han plejede én gang hvert halve år at invitere og samle prinser og fyrster fra de gamle klaner og fyrstendømmer for at fremme samarbejdet mellem dem og den franske koloniregering. Nu, da han fik at vide, at Ib og Ketty kom, havde han rykket det et par uger frem til den dag, for at de kunne være med som deres specielle gæster. "Men først må vi jo se at få jer gift," sagde han og fortsatte: "Vi har arrangeret det hele ovre på kontoret. De venter jer, så kan vi

43

alle nå at skifte tøj til middagen." Ketty havde regnet med, at hun skulle have skiftet til brudekjolen forinden, men det blev der slet ikke tid til. Det blev først til middagen, at hun fik den på, men den klædte hende lige godt for det.

Der var ellers gjort alt for at, vielsen skulle gå så højtideligt til som muligt. Kontoret var pyntet, og de tilstedeværende officerer stod med ordner på uniformen. Det hele startede meget stilfuldt, men da de nåede til Bibelen, kunne tolken ikke klare at oversætte. Alt det andet havde han øvet sig på forinden, men dette var han ikke forberedt på, stammende i det gik han i stå. Til sidst sagde majoren til tolken, idet han ikke regnede med, at gæsterne kunne forstå det: "Nå, det behøver ikke at blive oversat. De ved jo selv, hvad der står der," og så fortsatte han blot med at læse Bibelen på fransk. Næste gang, tolken gik i stå, var, da vi skulle svare på vielsesritualet med "ja" på de rigtige steder, og uden at forandre tonefald eller mine sagde majoren nu til tolken: "Blæse være med det. Vi ved jo, at de ønsker at blive gift," hvorpå han puffede vielsespapirerne over til brudeparret for at få deres underskrifter. Han vidste ikke, at selv om Ib ikke kunne tale fransk, så havde han lært så meget på gymnasiet, at han kunne forstå, hvad majoren sagde. Majoren havde udfærdiget et meget flot bryllupscertifikat, hvor det hele stod på fransk og engelsk, og at de med vidne af fortets officerer havde underskrevet kontrakten. Han havde selv forfattet ordlyden og malet en fin buket roser på forsiden.

Ketty og Ib med deres datter, Merci.

Aftenen blev festlig. Først med taler og lykønskninger dels på fransk og dels på engelsk og siden det overdådige festmåltid og de fornemme gæster i eksotiske dragter.

Senere, da de kom hjem, var kirken pyntet og fuld af alle deres kristne venner. Fullerton talte, og mange var med til at nedbede Guds velsignelse over deres fremtid. For dem, en uforglemmelig rejse og en uforglemmelig dag.

Ib Sund Nielsen skrev i sine erindringer om ægteskabet. "Ketty og jeg følte for hver dag, der gik i vort lykkelige ægteskab, at Gud havde forudset, at den hjælp og støtte, vi ville blive for hinanden, var langt videre, end vi var klar over, da vi besluttede at gifte os, og hvad vi selv havde forventet, det ville blive for os. Vi kunne sammen tale om modgang og medgang i arbejdet og hjælpe hinanden op, når humøret var langt nede, eller når noget havde gjort os så modløse, at man havde lyst til at give op. Situationer, som vi før måtte kæmpe os igennem alene.

De var enige om, at deres ægteskab ikke måtte være en hindring for dem i deres åndelige arbejde. Ketty måtte af og til ud på lange ture sammen med Kirstine, mens Ib måtte blive hjemme, da han skulle undervise Fullertons børn. Ketty skrev f.eks. i et brev til sine svigerforældre: "En dag for ikke længe siden havde jeg igen en stadfæstelse på, at Herre har en herlig udgang af enhver prøve. Der kom bud fra en landsby en god times gang herfra, om vi ville komme og begrave en ung kone. Jeg tog af sted sammen med en ældstebroder, og da vi havde holdt en lille andagt ved kisten, og denne blev båret ud, fik jeg at vide, at den døde havde efterladt en dreng på 3 dage. Jeg bad om at få lov at se barnet, men fik til svar, at det var næsten dødt af sult på grund af moderens sygdom og død. De kom med barnet i en slags hønsekurv med blot en lille våd, gennemtisset klud svøbt om det. Barnet vejede knapt tre pund og lå hen i en døs af sult og kulde. Jeg satte mig ved det åbne bål på verandaen, der også tjente til køkken, og varmede den lille dreng ind til min egen krop og gav det lidt kogt vand at drikke. Til sidst rev jeg skulderstropperne over på min underkjole og trak den ned om mig og svøbte den lille i den. Det var helt dejligt lidt senere at kunne aflevere et lille varmt, levende svøbelsesbarn. Familien ville imidlertid ikke have det, men bad mig om at tage det med mig. Hvad skulle de gøre med det, når moderen var død? Jeg følte ikke, jeg kunne tage det med mig den aften, selv om jeg var villig til at tage det til mig som mit eget. Jeg syntes, jeg burde tale med Ib om det først og også spørge fru Fullerton lidt til råds, men næste dag sendte vi bud efter det. Fru Fullerton fik den indskydelse fra Herren at spørge en ung moder her på stedet, som lige havde født sin femte lille pige, om hun ville have ham som søn. Faderen var nemlig rasende over, at hun 'kun' fødte piger og ingen sønner. De sagde ja begge to, og hvor lykkelige var vi ikke, da vi kunne lægge det lille forsømte væsen til den unge moders bryst os se hende glad trykke det ind til sig, mens faderen stolt så til. Nu havde de endelig fået en søn. Den lille trives stadig i bedste velgående."

Ib Sund Nielsen skriver i sine erindringer om en anden tur som Ketty foretog sammen med Kristine. Han skriver følgende: "Kort efter, at vi var blevet gift, var Kristine og Ketty på en tur ind i et distrikt, hvor selv kinesiske embedsmænd ikke brød sig om at rejse. Det var et vildsomt land med forvitrede og stejle bjerge, og kineserne havde ikke rigtigt fået kontrol over stammefolket derinde.

En dag var der kommet en mand til vor missionsstation fra denne egn. En høvding eller konge, som de kaldte ham, havde sendt ham. Kongens søn var blevet alvorlig syg, og han havde hørt, at vi kunne hjælpe. Der blev sagt meget for og imod, at to damer som Ketty og Kristine indvilligede i at tage derind alene, men turen gik godt, selv om strabadserne var store og dagsmarcherne lange. I fire dage rejste de uden at kunne købe noget. De måtte rationere deres ris, og de plukkede bregneblade og lignende, som de kogte og brugte som tilbehør til risen ved måltiderne. Folk på egnen var mistænksomme og ville kun handle grøntsager og ris mod opium som betaling, og det havde de naturligvis ikke. Netop da alt var sluppet op, mødte de en mand fra den egn, de skulle til. 'Kongen' havde sendt ham for at møde dem eller finde ud af, hvor de blev af. Han havde rigeligt med af fødevarer, og efter syv dages rejse nåede de frem til Kongens by, og her blev de beværtet, så godt de formåede i den fattige egn.

Førend de blev ført ind til den syge dreng, fortalte de kongen, at de ikke var læger, men missionærer. De var fulgt med hertil, fordi sendebuddet havde sagt, at han ikke måtte komme tilbage, uden at de var med. Da alle var samlet, fortalte de om Jesus både som frelser og som Ham, der kunne læge.

Derefter opfordrede de kongen og hele hans hus til at tro på den levende Gud. Da de på denne måde havde vidnet for dem, bøjede de alle knæ og bad for den syge dreng. I sin nåde greb Gud ind, og det gav anledning til at tale og bede med andre syge i landsbyen, og Gud virkede på hjerterne."

Kristine fortalte senere Ib, at hun på denne tur opdagede, at Ketty havde et svagt hjerte og havde svært ved at holde til de anstrengelser, der fulgte med sådanne ture. Hun magtede det ikke, skønt pionerarbejde til nye steder lå hende stærkt på sinde. Det blev også Kristine Olsen, der alene rejste til Zemao og siden bosatte sig der.

Han skriver videre:" Jeg er ikke i tvivl om, at Ketty selv var klar over det med hjertet, men hun talte aldrig åbenlyst om det. Hun havde en pæn sangstemme, og ofte nød jeg hendes guitarspil, når vi hyggede os efter dagens arbejde. Hun sang gerne det, jeg bad hende om, men overlod jeg valget til hende selv, var det sange om Himmelen, hun foretrak, som f.eks.:

Hjemme hos Jesus, når du selv Ham ser,
ej nogen byrde skal dig tynge mer'.
Hjemme hos Jesus ej en sorgens lyd
skal blandes i din lovsang, men kun fryd.
Nej, aldrig mere byrder som her,
når du for evigt hjemme er.

Men hun sang gerne 'jeg' og 'min' i stedet for 'du' og 'din'.

Vi var jo i Kina, og det ville stride mod takt og tone og al mandig værdighed, om Ketty og jeg offentligt ville gå tur holdende hinanden i hånden eller tage hinanden under armen. Til nød kunne vi gå side om side, hvis junglestien var bred nok, og der ingen mænd var med på turen. I så fald havde jeg burdet følges med dem og samtale med dem på turen. Om vi ikke fulgte skik og brug her, var det ikke blot vort eget omdømme, vi satte på spil, men det ville i de indfødtes øjne også være en plet på det evangelium, vi forkyndte, og den kristenhed vi bekendte os til. Citat slut.

Ib skrev senere om en aften i maj måned 1935. Han fortæller følgende: "Da jeg gik ud for at lukke porten − klokken var vel omkring halv tolv- skinnede en fuldmåne fra klar himmel. Det var så lyst, at man kunne læse overskrifterne i avisen, hvis man kunne have fået fat i en. Uvilkårligt kaldte jeg på Ketty: "Kom ud, så skal du se, hvor pragtfuld kirkepladsen ser ud i måneskinnet." Det gjorde hun naturligvis, og snart fristedes vi til for første gang at gå frem og tilbage arm i arm på pladsen. Der var ingen fare for, at vi skulle møde nogen på denne tid af døgnet.

Vi 'legede' simpelthen, at vi var i Danmark og snakkede om den frihed, man havde der til at være 'sig selv', og vi glædede os til, når vi kom hjem igen, at kunne gå tur på Langelinie. Jeg husker, hvordan min far og mor altid omtalte det som højdepunkter i deres ungdomstid, da de var forlovede og nygifte, at kunne spadsere der. Ketty snakkede lige så ivrigt og

51

glad om, hvordan det ville være at besøge hendes og mine forældre og lære mine forældre rigtigt at kende, og at præsentere vores lille Merci, som var født den 9. marts samme år, og var til stor glæde for os begge. Pludselig blev hun helt tavs, og det var som om, hun ikke længere lyttede. Sådan gik vi endnu et par gange frem og tilbage i hele kirkepladsens længde. Så sagtnede hun sine skridt, så alvorlig på mig og sagde: "Ib, måske kan du ikke følge mig i mine tanker i det, jeg føler, jeg må sige til dig nu." Så tav hun en stund, og lidt efter føjede hun til: "Jeg synes, at Gud har været så god mod os, som kun få får lov til at opleve det." Her afbrød jeg hende og sagde henkastet: "Nu vil du vel ikke til at fortælle mig, at du tror, dette ikke kan blive ved? – Jeg kender jo din ængstelse, når der er noget, du kalder: 'For godt til at være sandt'." Jeg blev ked af, at jeg afbrød hende, for vi kom hele kirkepladsen igennem og stod nu udenfor porten til vort dejlige lille hjem, før hun fortsatte: "Jo, jeg tror netop, at Gud har givet os denne dejlige tid, fordi han vidste, at vi behøvede støtte, hjælp og opmuntring af hinanden for at holde ud i arbejdet og det, der møder os. Og det tror jeg ikke, nogen kan tage fra os."

"Det jeg vil sige er, at jeg tror ikke, jeg bliver gammel, for Herren kommer snart, eller måske kalder han mig til sig, og vi må ligesom leve med det for øje."

Det var som at få et slag i brystet. Var vi ikke netop nygifte og havde et langt liv foran os? Jeg kunne næsten fristes til at synes: Herren må nu godt vente lidt med sin genkomst, selv om det jo var en tanke, man ikke giver udtryk for eller tillader sig selv at have. Vi stod endnu længe tavse og fordybede os i den smukke udsigt, nattens stihed, men også den alvor, der havde sænket sig i vort sind. Pludselig siger Ketty stille: "Ib, hvis jeg dør ung, skal du vide, at mit ønske for dig og Merci er, at du ikke betænker dig for længe, inden du beslutter at gifte dig igen. Jeg giftede mig ikke med dig, for at du skulle blive enkemand."

Jeg syntes, men sagde det ikke højt: "Nu har du ødelagt stemningen." Selvfølgelig prøvede jeg at imødegå hende. Tanken var absurd for mig. Jeg kunne ikke tænke mig nogen ændring mulig. Det skulle fortsætte som nu. Intet måtte slå vor lykke itu. Jo, jeg tror, Ketty var klar over, hvor det bar hen. Måske ikke netop så hurtigt, som det skete. Hun sluttede samtalen inden døre med at forklare, at denne følelse af, at hendes tid var kort, havde fulgt hende i mange år, og også havde fået hende til at tøve, da jeg først friede til hende. Hendes eneste ønske var, at hun måtte findes som en tro tjener i Herrens vingård. Alligevel, da det en måned senere skete, den 21. juni 1935, kom det bag på os alle.

Hun og jeg havde været ude hver sit sted allerede tidligt på dagen, for der var mange syge i de byer, hvor vi ville holde lørdagsmøder. Da vi sent om aftenen igen var hjemme, snakkede vi, som vi plejede om, hvad vi hver især havde talt om på mødet, vi kom fra. Ketty sagde for sin del, at hun ikke havde fået noget nyt fra Herren til sit møde den aften, så hun havde holdt sig til det, som hun i går havde sagt på bønnemødet her i kirken, om ikke at gå glip af det forjættede

Kanaan, som Israel gjorde, og alle døde i ørkenen under de 40 års vandring. Jeg mindes, hvordan mange var gået frem og bekendte deres lunkenhed og bad om ny kraft til at leve for Herren. Det samme havde gentaget i Sin – pen - djai denne lørdag aften.

Da vi igen nåede fredag, stod hendes kiste der, hvor hun under tårer havde tryglet mennesker om at søge Herren, mens tid var. Hun havde været inde i et hjem i Sin – pen - djai og bedt for en syg. Der var hun selv blevet smittet af dysenteri, en farlig og ofte dødbringende sygdom. Søndag morgen klagede hun sig over smerter i maven, og jeg overtalte hende til at blive i sengen den dag, men sygdommen forværredes. Om torsdagen syntes det dog, som om krisen var overstået og sygdommen veget, men fredag eftermiddag ved femtiden var kræfterne udtømt, og hjertet kunne ikke mere. Hun var ved bevidsthed lige til det sidste. Fru Fullerton fik pludselig den tanke at bære Merci ind til sygesengen, og et kærligt smil oplyste Kettys ansigt, da hun så sin lille datter. Et øjeblik efter sagde hun "Sejr, sejr", mens hendes ansigt lyste med en forklaret glans. Så stoppede hjertet, og hun var hjemme hos den Herre, hun havde elsket og tjent. Sikkert har ordene lydt til hende: "Vel, du gode og tro tjener, du har været tro over lidt. Jeg vil sætte dig over meget."

Efter studietiden på sprogskolen i Kunming nåede Ketty i 2½ år at virke aktivt for Herren blandt stammefolket herude. Hun var blevet dygtig til sproget, hurtigere end mange andre og blev meget afholdt, især af de unge piger.

Da hun blev begravet, var kisten fyldt med blomster, som de unge piger havde plukket på bjergene omkring kirken. Man plejede ikke at bruge blomster ved en begravelse her på egnen, men; "Ketty elskede blomster", forklarede de unge.

Senere fik jeg en stenhugger til at hugge et kors for at sætte det på gravstedet. Han og jeg havde fundet en pæn sten i floden dybt nede i dalen. Da korset var færdigt og skulle bæres op til graven, var der 12 unge mænd, som hjalp med at bære den op. Jeg var forberedt på, at det blev en dyr omgang, for stenen var tungere, end jeg havde beregnet. Da jeg spurgte de unge mænd, hvad de skulle have for det tunge arbejde, de havde udført – stien fra floden var smal og bjergsiden stejl, så det tog lang tid for dem, inden den var kommet på plads – sagde de: 'Vi vil ikke have nogen penge. Ketty gav sit liv for os. Vi har kun ydet en halv dags arbejde for hende. Det er alt, vi kan komme til at give hende nu. Lad det stå for os som et

"ÆRE VÆRE HENDES MINDE."

Citat slut.

Epilog

Jesus sagde til sine disciple: (Johs. 15,16) "Ikke I har udvalgt mig, men jeg har udvalgt jer og sat jer til at gå hen og bære frugt, og det en varig frugt, så at Faderen kan give jer, hvad som helst I beder om i mit navn."

Jesus udnævnte Ketty Nielsen til at gå hen og bære frugt. Og det blev for hende formålet med hendes tilværelse. Hun kom til menigheden "Elim" i København, hvor hun virkede med ved friluftsmøder og gademission, og hvor hun blandt andet sammen med andre gik ind på beværtninger, blandt andet på Nyhavn, hvor de sang og vidnede om Jesus. Efter at Ib Sund Nielsen kom hjem fra Kina, mødte han mennesker, der sagde: "Jeg kendte godt din Ketty. Hun og jeg gik sammen i Nyhavn og sang og spillede i værtshusene. Vi var altid velkomne, når vi havde Ketty med. Selv de største uromagere sad stille og lyttede til den unge piges guitarspil, sang og vidnesbyrd om sin frelser. Det hændte tit, at en og anden stovt sømand måtte tørre en tåre væk, fordi noget i sangen havde mindet ham om barndommen derhjemme, måske en troende mor, der plejede at bede for ham. Det kneb for os at forstå, hvorfor Ketty ville rejse, men vi mærkede, hvor alvorligt kaldet til Kina var for hende." Når Ketty nævner, at hun kom hjem fra en beværtning, så havde det været for at virke for Jesus.

Ketty lod sig udvælge og gik, hvor Jesus ledte hende. Hun var bare 25 år, da hun rejste til Kina. Hendes gerning der blev kun 2½ år, efter hun havde været på sprogskole i Yunnanfu. Hun blev meget afholdt af stammefolket, der levede i små landsbyer mellem bjergene i det sydvestlige Kina.

Ketty bar frugt for Herren, og det på mange måder en varig frugt. Mere end 70 år senere fik vi at vide, at Fullertons plejedatter, Rosa, havde fået rejst en mindesten over Ketty, så Ketty må have betydet meget for hende. Nu står mindestenen derude og er et vidnesbyrd for den kristne menighed, der stadig eksisterer på trods af den store omvæltning, der er sket i landet.

En anden måde Ketty bar frugt var hendes påvirkning på Ib, som hun blev gift med. Han skrev selv: "Når jeg ser tilbage på den tid, så er jeg i dag klar over, at ubevidst for mig selv, fik hendes spontane hvile og tillid til Herren under alle forhold lov til at forplante sig og slå rod også i mit sind. Mit kristenliv og min gerning i Herrens tjeneste var meget præget af, at jeg var bange for at komme ud af Guds plan og forspilde mit liv, om jeg ikke adlød ham. Kettys gnist og inspiration i arbejdet bundede i en uendelig taknemmelighed for Jesu offer og frelserværk på Golgata."

En speciel frugt af Kettys korte liv, var deres tre måneder gamle datter, Merci, som Ketty, da hun døde, måtte efterlade i andres hænder. Da Merci var 2 år, bragte hendes far hende hjem til Danmark. Hendes barndomshjem blev i hendes farmor og farfars hjem, fordi hendes far rejste ud til Kina igen, og 2. Verdenskrig lukkede for al forbindelse mellem Danmark og Kina. På det tidspunkt flyttede Mercis mormor og morfar til København. De havde ofte Merci om søndagen, hvor de tog hende med til søndagsskole i "Elim", hvor de selv var med i menigheden. Efter krigens afslutning kom hendes far hjem, og året efter giftede han sig med Edith Løve Merrild, og Merci fik sit hjem hos dem. De var medlemmer i "Elim" i Kronprinsensgade i København, og Merci fik derved sin faste gang der. Hun blev døbt, da hun var 16 år og begyndte staks af virke med i søndagsskolen. Hun ønskede at lede børnene til Jesus. Som hendes far en dag sagde til hende:" Du har det samme sindelag, som din mor." Det var arven efter hendes mor, en frugt af Kettys korte liv. Merci fik sin uddannelse på Den Kongelige Porcelænsfabrik. Da hun var 20 år kom hun på Pinsevækkelsens Højskole i Mariager, og da opholdet var færdigt, blev hun antaget som sekretær og lærer på skolen, og samtidigt fik hun ansvaret for søndagsskolen, som de holdt for byens børn. Ib Sund Nielsen rejste ud som missionær igen. Denne gang til Japan. Der var af og til nogen, der spurgte Merci, om hun ikke skulle ud som missionær, men det følte hun ikke noget kald til. I 1967 kom jeg til skolen som elev. Jeg havde kald til at være missionær i Japan og ønskede at få mere bibelundervisning og på anden måde at forberede mig til min fremtidige gerning. Merci og jeg kendte lidt til hinanden i forvejen, da jeg tidligere havde været elev på skolen, og også et år som lærer. Vi blev forlovet og efter opholdet blev vi gift i 1968. Merci havde ikke kald til at blive missionær; men nu fik hun kald til at være en missionærs hustru. Det varede dog 11 år, inden det blev muligt for os at komme til Japan. I den tid fik vi tre døtre, som ved udrejsen i 1979 var henholdsvis 10, 7 og 3 år. Merci fik i Japan en ny gerning. Hun blev lærer for sine tre piger, samtidigt som hun tog hånd om børnearbejdet. Det er jo stadig en frugt af Kettys korte liv. Havde der ikke været nogen Ketty, så havde vores lille familie ikke eksisteret. Det samme sindelag, som Ketty havde, gik i arv til Merci og videre til vores børn. Tidligt blev de døbte efter eget ønske. De kom ind i børnearbejdet og senere i ungdomsarbejdet i vores lille menighed i Kanazu. Efterhånden som de kom til Danmark for at få en uddannelse, fortsatte de med børnearbejdet i den menighed, de tilhørte. De har uddannet sig specielt til at virke med evangeliet. Annette, vores ældste datter, har holdt møder i sit hjem i Faxe i 4 år, og Joan, den mellemste, er flyttet over til hende for at arbejde sammen med hende. Bodil, den yngste, er i Japan som missionær. De er ligesom deres mormor og deres mor udvalgt til at gå hen og bære frugt, og det en varig frugt. En frugt af, at en ung pige rejste ud til Kina for at forkynde frelse ved tro på Jesus Kristus.

Ketty Nielsens mindesten